il Gatto Alchimista

di Paolo Cossi

Edizioni
Segni
d'Autore

Questo racconto ha inizio in un luogo particolare:
una città antica, magica e lagunare.
Un posto pieno di ponti, canali e costruzioni stravaganti,
si chiama ***Venezia*** e veneziani i suoi abitanti.
Di storie e storielle su Venezia ce n'è tante, in verità,
ma questa è speciale e successe quattrocento anni fa.
In una casa vecchia e col tetto non molto intatto
viveva un uomo con il suo bel gatto.
Il primo si chiamava ***Federico***, era un mago alchimista,
il secondo invece ***Chicco*** ed era il suo apprendista.

I due passavano tutto il giorno tra libri e calderoni,
fondendo metalli e preparando pozioni.
Chicco ammirava il mago e non lo perdeva di vista
perché il suo sogno era diventare un bravo alchimista.
Dicevano infatti che chi faceva questo lavoro
fosse in grado di trasformare tutto in oro.

Ma Federico, il grande Mago,
quando insegnava era molto vago.
Chicco capiva poco delle sue lezioni
perché misteriose eran le spiegazioni.
Usava alambicchi, ampolle e fiale
e parlava di ***Zolfo***, ***Sale*** e ***Pietra filosofale***.

Determinato ad imparare quest'Arte,
metteva tutto il resto da parte,
ma c'era qualcuno che lo voleva fuori dalla stanza
Perché tutti i giorni sentiva la sua mancanza:
era ***Isidora***, la gattina a macchie nere
che viveva nella casa d'un vecchio gondoliere.
I due gatti si conoscevano da piccini
giocavano assieme inseguendo topolini,
ma oggi, per Isidora, quell'affetto spensierato
in un ***grande amore*** si era trasformato.

Così la gattina sperava che Chicco
prima o poi dimenticasse l'alambicco.
Purtroppo la speranza restava vana
perché il gatto non usciva dalla tana.

Intanto, col passare degli anni
divenne esperto e non fece più danni:
con pazienza tutti i libri aveva studiato
e i segreti di ogni arte aveva imparato.
Federico era contento di vedere il gatto Chicco
maneggiare con sapienza il ***Grande Alambicco***.

Conosceva formule segrete che recitava a memoria
e di ogni filosofo conosceva la storia.

Sapientemente, per guarire i mali,
raccoglieva e preparava ***erbe officinali***
e prendeva la rugiada che scintilla
dalle ***foglie d'Alchemilla***.

Ormai non era più un apprendista,
ma un vero e proprio ***Gatto Alchimista***.

Aveva imparato ogni scienza del pianeta,
ma non si sentiva arrivato alla meta.

Di che cosa devo fare tesoro
per trasformare tutto in

ORO?

Si lamentava il giovane gattino
sperimentando dalla sera al mattino.

Un giorno, stufo dei tanti fallimenti
si arrabbiò ed urlò fuori dai denti: **Uffa!!!**

Non bastano le mie conoscenze e il mio estro
dovrò chiedere la ricetta segreta
al Maestro!"

Così, con coraggio e molta speranza,
corse deciso verso l'altra stanza.

O Mago Federico, chiese gentilmente il gatto:

"Mi devi aiutare o qui divento matto!"

"Da mesi ormai faccio un lavoro coscienzioso
ma non riesco a ricavare nulla di prezioso.
Per questo in ginocchio ti chiedo e ti imploro
Se mi insegni il sistema per fabbricare l'Oro."

Guardando il gattino seriamente
il Mago rispose molto lentamente:

"Amico mio fermati e prova a pensare
quante meraviglie sei riuscito ad imparare:
conosci tutte le arti di questo mondo
perché ogni cosa l'hai studiata a fondo
e così hai sviluppato una saggezza
che è la tua più grande ricchezza.

***Non hai bisogno di nessuna ricetta
e nemmeno del paiolo o della boccetta*."

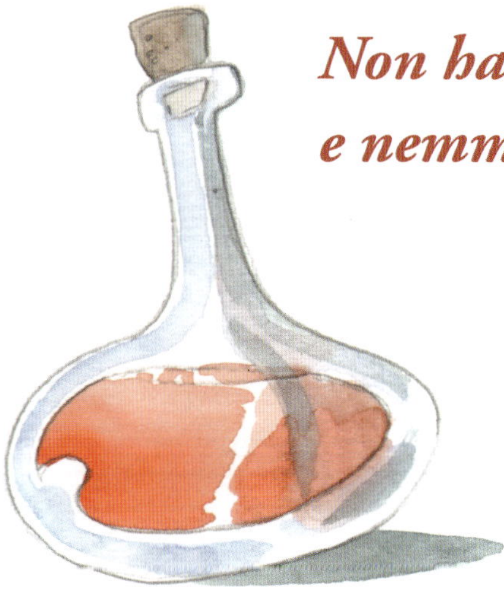

L'oro che cerchi, credi a me
non l'hai capito ma è ***dentro di te***
e questa ricchezza per avere valore
deve essere condivisa con amore."

D'un tratto il gattino si sentì illuminato
come se qualcosa in lui fosse cambiato.

Ebbe un brivido che subito andò via
sentendo di colpo una grande euforia.

Improvvisamente la stanza iniziò a luccicare
un evento magico e particolare:

gli strumenti, le sedie e il banco da lavoro
erano miracolosamente diventati **d'ORO**.

E dopo i mobili anche la casa e il giardino
divennero di colore giallo paglierino.
In poco tempo tutta la città circostante
si trasformò in un'enorme pepita scintillante.

Uscendo in piazza
per ammirare quello splendore
vide Isidora e sentì il suo amore
e così, come in un sogno incantato,
nacque un sentimento
puro e dorato.

Paolo Cossi

L'AUTORE

Paolo Cossi, nasce a Pordenone, nel 1980.
Nel 2004 si aggiudica il *Premio Albertarelli* come miglior giovane autore italiano, nel 2009, per ***Medz Yeghern, il Grande Male***, riceve il *Premio Condorcet-Aron* per la democrazia dal Parlamento della Comunità francese in Belgio e il *Premio Diagonale*, come miglior albo straniero pubblicato in Belgio in quell'anno.
Miglior autore italiano 2011 per l'Associazione Nazionale Amici del Fumetto e dell'Illustrazione (ANAFI) di Reggio Emilia, *Premio Fede a strisce* al Festival Internazionale del Cinema d'Animazione e del Fumetto Cartoon Club 2012, a Rimini.
Delle sue numerose opere ricordiamo: ***Corona, l'uomo del bosco di Erto, Corona, la montagna come la vita, Tina Modotti*** (Biblioteca dell'immagine). ***Unabomber*** (Becco Giallo). ***La storia di Mara, Anarchia per erbe bollite*** (Lavieri); ***1918, destini d'ottobre*** (De Bastiani); ***Medz Yeghern, il Grande Male*** (2 edizioni), ***1432, il Veneziano che scoprì il baccalà*** (2 edizioni), ***Un gentiluomo di fortuna. Biografia a fumetti di Hugo Pratt*** (in tre volumi: 1. Visioni africane, 2. Venexia, 3. A passo di tango), ***Profili di donna, Ararat, la montagna del mistero*** (2 edizioni), ***Il burattinaio delle Alpi***, ***L'uomo più vecchio del mondo***, ***1914. Io mi rifiuto!***, ***Il Terremoto del Friuli*** (Hazard Edizioni).
Nel 2017 ha pubblicato la graphic novel ***Cloe la Fata Verde*** (Edizioni Segni d'Autore). Per Edizioni Segni d'Autore nel 2018 pubblica il suo nuovo libro illustrato per bambini, da 0 a 99 anni di età, dal titolo ***Il Gatto Alchimista***.
I suoi libri sono stati tradotti in Armenia, Belgio, Corea, Francia, Grecia, Norvegia, Olanda, Russia, Spagna e negli Stati Uniti.

Novità Volumi a Fumetti:

HORROR ARGENTINO *di* Jesica Aran, Victor Gaite & Carlos Barocelli
CLOE, LA FATA VERDE *di* Paolo Cossi
PIETRO MANODORI *di* Francesco Vacca & Carlo Rispoli *(soggetto di A. Guarnieri & L. Barbieri Manodori)*
SPACE ANABASIS VOL. 1, 2, 3 *di* Francesco Vacca & Alessandro Polelli, Daniele Milano, Francesca Del Sere, Diana Mercolini, Christian Polito, Matteo Leoni, Stefano Ripamonti, Valerio Alloro, Arianna Consonni, Niccolò Tallarico, Sara Giuntella, Samantha Gallo, Lorenzo Gubinelli
BARACCA E IL BARONE *di* Alberto Guarnieri, Paolo Nurcis & Luca Vergerio
IL LAGO ONTARIO *di* Georges Ramaioli - *dal romanzo di F. Cooper (3° volume di 5)*
LA DISFATTA DEI CAVALIERI GRIGI *di* Mauro Mercuri, Carlo Bazan & Carlo Rispoli *(seconda parte de La Coccarda Rossa 1861)*

Saggistica illustrata:

L'ANELLO DI ZINCO *di* Mauro Mercuri *(copertina e 16 illustrazioni a colori di Lele Vianello)*
ROMA BESTIALE *testo e illustrazioni ad acquarello di* Angela Maria Russo
TRE VOLTE VENT'ANNI testo e disegni di Dino Manetta

In preparazione:

AZINCOURT 1415 *di* Vittorio Gorini *(90 illustrazioni a colori e testo in italiano, inglese e francese)*

Novità libri illustrati per bambini:

BALTO *testo di* Andrea Laprovitera, illustrazioni di Francesca Del Sere
IL GATTO ALCHIMISTA *testo e illustrazioni di Paolo Cossi*

Il Gatto Alchimista
soggetto, illustrazioni e colore: ***Paolo Cossi***

iva assolta dall'editore ai sensi dell'art. 74 - DPR 633/72
Stampato nel mese di Maggio 2018 dalla tipografia Officine Arti Grafiche Francesco Giannini & Figli S.p.A.
Via Cisterna dell'Olio 6/B
80134 Napoli - Italy
Libreria Segni d'Autore *- Via Luigi Mancinelli n. 40, 42, 44 - 00199 Roma*
telefono: 06 60658552

www.segnidautore.it - www.segnidautore.it/store
libreria@segnidautore.it